나는

이대로

살기로

했다

✳ 지금도 충분히 빛나는 인생 ✳

나는 이대로 살기로 했다

김수민 지음

RISE

✴

세상의 모든 위로를
당신에게

다정하고 따뜻한
마음을 담아

─────── 님께

＊ ＊ ＊

나는 이대로 살기로 했다.

사람도, 사랑도, 꿈도, 인생도
그 어느 것 하나 내 마음처럼 되지 않는 인생.

어딘가에 맞춰 살거나
흔들리며 살고 싶지 않다.

지금 모습 이대로 사랑하며
그렇게 좋은 선택이 아니라도

더 이상 피곤해하지 않고
이젠 내 마음처럼 살고 싶다.

충분해 지금 모습 그대로,

나는 상처투성이다. 몸에 난 상처가 아니라 보이지 않는 마음의 상처가 나를 덮고 있다. 가진 게 없었기 때문에, 나를 사랑하지 않는 작은 것들도 소중히 여기고 감싸 안았다. 언젠가는 내가 사랑한 만큼 나를 사랑해줄 거라는 생각으로 마음을 쏟았다.

하지만 내가 사랑한 것들은 나를 아프게 했다. 온 마음 다해 사랑했으므로 나는 더 아팠다.

그렇게 아픈 나 자신을 위로하기 위해 글을 쓰기 시작했다. 그리고 그 글들을 많은 사람에게 보여주었다. 나처럼 상처받지 않기를 바라면서, 이 글을 읽고 당신의 상처가 조금 아물기를 바라면서 글을 쓰고 또 썼다.

SNS에 이런 글을 올린 적이 있다.

"나는 한 사람을 잃고 한 페이지를 채워가는 작가인 것 같다."

＊

그런데 어떤 독자분이 이렇게 말했다.

"작가님의 한 페이지를 얻음으로, 다시 두 사람을 얻습니다."

'살면서 내가 이런 말을 또 들을 수 있을까?' 싶었다. 내 생애 가장 감동적인 말이었다.

그때 깨달았다. 지금 하고 있는 이 일이, 나를 위해 쓰고 있는 이 글이, 나와 같은 어느 누군가에게 큰 위로와 힘이 된다는 것을.

그리고 계속 글을 쓰고 싶어졌다. 나를 모르더라도 지금이 순간 힘들어하는 사람을 위해, 어떤 말로도 위로받을 수 없는 사람을 위해. 모든 걸 놓아버리고 싶은 사람을 위해 그리고 나 자신을 위해.

아무도 알아주지 않는 그 아픔을, 내가 매 순간 토닥토닥 다독여주고 싶다. 글로써 곁에 있어주고 싶다.

✳

당신의 마음을 알기 위해, 아픔을 이해하기 위해 나는 얼마든지 몸과 마음이 무너져도 좋다고 생각한다. 이해할 수 없는 마음은 감히 위로할 수 없으니까. 절대적인 위로를 위해 나는 얼마든지 아파도 좋다.

나의 일기장이 부디 당신의 인생에 작게나마 위로가 되었으면 좋겠다.

그 고단함과 힘든 마음이 조금이라도 덜어졌으면 한다.

내가 대신 아파할 테니 그저 당신은 행복하길…

김수민

✷ *Part 1.* ✷
불행한 만큼 행복할 인생

✳ *Part 2.* ✳
사랑이 이런 거라면

❋ *Part 3.* ❋
상처받을 수밖에 없는 인간관계

✳

**불행한 만큼
행복할 인생**

일단
시작

무언가 망설이고 있다면,

지금 당장 시작하세요.

막상 시작하기엔 걱정이 앞서고,

실패할까 봐 두려워

자꾸만 망설여지는 마음은 누구나 같으니까요.

눈앞의 길이 아름다운 꽃길처럼 보이더라도

그 끝엔 지독한 가시밭길이 있을 수도 있고,

가시밭길처럼 보이는 그 길의 끝에

꽃길로 가는 입구가 있을 수도 있어요.

만약 당신이 선택한 길이 절망이어서

그 한가운데에서 방황하게 된다고 할지라도

＊

걱정하지 마세요.

우리는 비가 내린다고 하늘을 걱정하지 않잖아요.

눈이 부실 정도로 화창한 날이 있으면

구름이 끼어 어두컴컴한 하늘인 날도 있고,

비까지 내려 우울한 날도 있고,

잠들지 못할 정도로 크게 천둥번개가 치는

하늘이 있다가도

또다시 화창한 맑은 하늘인 날도 있으니까요.

그러니 너무 걱정하지 말고 시작하세요.

시작은 알지만, 끝은 아무도 모르는 법이에요.

나에게 주는 휴가

쉬지 않고 달려온 당신에게

오늘은 휴가를 주세요.

팝콘과 콜라를 들고

보고 싶던 영화를 보러 가도 좋고

놓쳤던 드라마를 처음부터 정주행해도 좋고

한강에 나라 라면과 치킨을 먹어도 좋고

놀이공원에 가서 놀이기구를 타며 비명을 질러도 좋고

반신욕과 수면으로 충분한 휴식을 취해도 좋아요.

지금 당신에게 필요한 건 마침표가 아니라

쉼표입니다.

별이 아름다운 이유

별이 아름다운 이유는

어둠이 있기 때문입니다.

지금 어둠 속에서 헤매고 있는 것처럼

막막하고 외롭다면

조금만 더 어둠 속에서 헤매며 외로운 시간을 보내세요.

곧 그 어둠을 뚫고

찬란하게 반짝이는 별이 되어 빛나고 있을 겁니다.

나를 빛날 수 있게 한

어둠을 잊지 마세요.

어둠이 있었기 때문에

더 밝고 빛나는 별이 될 수 있었습니다.

＊

내가 어두컴컴한 어둠 속에 있을지라도

그 안에서 헤맬지라도

너무 걱정하지 마세요.

지금은 보이지 않더라도

언젠가는 스스로 빛나는 별이 될 테니까요.

실
패
해
도
괜
찮
아

도전하기를 두려워하지 마세요.

우리가 시작조차 하지 못하는 이유는
실패의 두려움을 알기 때문입니다.

다이어트를 할 때 가장 먼저 해야 할 일은
팔굽혀펴기 한 번 하는 것입니다.

마음먹기 어려울 뿐,
막상 한 번 하면 두 번이 되고 세 번이 돼요.

배는 항구에 있을 때 안전하지만,
머무르기만 한다면 배가 있을 이유가 없습니다.

거친 파도에 휩쓸리기도 하고

소용돌이와 싸우기도 하고

죽을 둥 살 둥 발버둥도 치면서

잔잔해진 노을빛 바다를 바라보며

더 이상 실패를 두려워하지 않는 용기를 가지세요.

어차피 인생은 나 자신과 지독하게 싸우는 거예요.

실패해도 좋아요.

할 수 있는 도전에 최선을 다하세요.

도전하지 않는 항해만큼 실패인 것은 없습니다.

스무 더욱
살, 단단해질

스무 살이 되면 두려울 게 없을 줄 알았다.

하염없이 가장 예쁜 나이에

무엇이든 다 할 수 있을 것만 같았다.

하염없이 가장 예쁜 나이에

무엇이든 하면 다 될 것만 같았다.

늘 도망가던 꿈도 한 발 멀어지면

두 발 다가가서 실패하지 않을 것만 같았고,

어린아이가 아닌 어른으로

내가 가진 것들을 지키고 책임질 수 있을 것만 같았고,

인간관계라는 것도 갈 사람은 가고 남을 사람은 남아

상처는 없을 것만 같았고,

쉽게 사람을 만나 쉬운 사랑을 하고 이별해도

내 마음은 괜찮을 것만 같았다.

✳

행복할 것만 같았던 스무 살이라는 나이는
생각보다 앞이 뿌옇게 흐린 안갯길이었다.

이도 저도 아닌 어중간한 노력으로
소중한 꿈에 다가가 실패도 했고,
가진 것도 책임질 수 있는 것들도 없다는 것을 알게 된
부족한 어른이었고,
내 곁을 떠난 사람을 원망하고
남은 사람에게만 헌신했던 것도 상처로 남았고,
후회 없는 사랑을 하지 않고
미련 없이 이별했던 것에도 내 마음은 아팠다.

못다 핀 스무 살에 절대 지지 마라.

소중한 꿈을 이룰 수 있는 법도,

흔들리지 않고 자신을 지킬 수 있는 법도,

나만 놓으면 끝나는 관계를 놓는 법도,

그런 관계에 상처받지 않는 법도,

후회 없이 사랑하는 법도 배웠으면 좋겠다.

천 번을 흔들리고 버텨온 스무 살이니

스물한 살은 더 성숙하고 단단해지길.

일상을 새롭게 하는 방법

버스를 타고 지나던 거리를

자전거를 타고 가보기도 하고

자전거를 타고 지나갔던 거리를

미친 듯이 달려보기도 하고

달렸던 거리를 천천히 걸어도 보세요.

쉴 틈 없이 달리느라

무심코 지나쳤던 순간들.

지나간 일을 떠올리고 이미 일어난 일들을 후회하고

바꿀 수 없는 것들을 아쉬워하며 살아가는 우리.

오늘은 잠시 멈춰서

나와 주위를 천천히 살펴보세요.

보지 못했던 무언가를 발견해보세요.

지친 몸과 마음에 쉼이라는 선물을 주세요.

행복한 인생을 위한 순간

순간순간을 소중하게 여기면서 사세요.

매일 아침 눈을 뜨고 살아갈 수 있는 하루를,
보고 싶다고 사랑한다고 말할 수 있는 사람을,
행복한 꿈을 위해 매 순간 노력하고 있는 열정을,
한 번 지나가면 다시는 돌아오지 않는 시간을,

그 순간순간이 모여
하나의 인생이 되니까.

있는 그대로 지금 나의 모습을 사랑할 것.

나보다 화려한 사람을 질투하는 대신에
어제보다 성장한 오늘의 나에게 만족할 것.

힘들어도 넘어져도 다시 버티고 일어나
지금까지 버텨온 나를 칭찬할 것.

가끔 못난 모습을 보이더라도
그 모습까지도 사랑할 것.

누군가에게 충분히 사랑받을 수 있다는 사실을
알게 해주는 사람을 만나 사랑받을 것.

세상 그 무엇보다 나 자신을
소중히 여기고 아껴줄 것.

울
어
도
괜
찮
아

울고 싶을 땐 참지 말고 다 울어요.

아무도 알아주지 않아도 그냥 울어요.

이렇게 힘한 세상에서 견뎌내느라 고생이 많아요.

그동안 얼마나 힘들었어요.

너무 늦게 알아줘서 미안해요.

괜찮아요. 충분히 잘하고 있어요.

이루고 싶은 꿈도 사랑도 닿지 않고,

힘들어도 기댈 사람도 없고,

하루를 한숨으로 시작하고,

외로워진 밤에 내 마음을 달래줄 글로 마무리하고,

더 강해져야 한다는 강박감과 걱정에 잠을 설치고

어떤 말로도 위로가 안 되는 당신에게

하루를 눈물로 사는 당신에게

아무 말 없이 그저 따뜻하게 안아주고 싶어요.

하루 종일 내린 비가 그치는 것처럼,

녹지 않을 듯이 얼어버린 눈이 녹는 것처럼,

당신의 슬픔과 아픔도

언젠가는 지나갈 거라고 믿어요.

바꿀 수 없는 것에 대한

너무 많은 걱정과 고민은 독이 되어 되돌아와요.

걱정한다고 더 좋아질 것도 아니고,

고민한다고 더 나빠질 것도 아닙니다.

정작 나의 힘으로 손쓸 수 있는 것들은

이 세상에 아무것도 없습니다.

보고 싶어도 볼 수 없는 것이 있고

가지고 싶어도 가질 수 없는 것이 있고

하고 싶어도 할 수 없는 것이 있고

돌이키고 싶어도 돌이킬 수 없는 것들이 있어요.

때로는 그냥 그런 일들 모두

흘려보내는 법을 배우세요.

아프게 하는 것을 끌어안고

하루를 마무리하는 건

마음을 서서히 타들어 가게 만듭니다.

행복이란

아무 걱정 없이 누워

편안하게 잠을 청하는 것입니다.

오늘 하루,

편안하게 잠에 빠져드세요.

아무 일도 일어나지 않을 테니.

잠을 잊은 날

괜한 걱정과 잡생각에 파묻혀

잠이 오지 않을 때는

누워 있지 말고

일어나 무언가를 해보세요.

따뜻한 우유 한잔과 함께 책을 읽어도 좋고

심야 영화를 보러 가도 좋고

공원에 나가 음악을 들으며 가벼운 산책을 해도 좋고

눈을 감고 꿈꾸는 인생을 떠올리며 명상해도 좋아요.

잠자리에 누워

고민과 걱정거리로 스스로를 흔들지 마세요.

처음이니까
모든 순간이

우리가 인생에 서툰 이유는
누구나 처음 사는 인생이기 때문입니다.

나라는 사람으로 처음 태어나 살게 되고,
스무 살, 서른 살, 마흔 살을 보내도,
모든 순간이 처음이기 때문이에요.

그렇기에 우리는 파도가 오면 휩쓸리고,
반딧불을 쫓아 숲을 헤매기도 하고,
비가 그친 후에 무지개를 보고,
밤이 되면 별을 보고 기뻐하기도 해요.

모든 게 처음이기에
어떻게 해야 할지 모르는 건 당연합니다.

연습이 없는 인생이기에

서투르고 부족해도 괜찮아요.

과거에 얽매이지 않고 현재에 충실하게.

지금 그 모습 그대로 그냥 살아도 괜찮아요.

알게 된 것들
한 살 한 살 먹어가며

교복 입고 학교 다닐 때가

가장 좋았다는 것.

만남이 있으니까

헤어짐도 있다는 것.

낮보다 밤이 더 좋아지는

날이 온다는 것.

속이 엉망진창이어도

겉으로는 멀쩡하게 살아지기도 한다는 것.

행복한 날보다 고민과 걱정으로

지새우는 날이 많아진다는 것.

아무리 소중하고 놓치기 싫은 것도

때로는 과감히 놓아줘야 할 것들이 생긴다는 것.

행복이란

사우나에서 시원한 바나나 우유를

마시며 나올 때,

버스정류장에 도착하자마자

내가 탈 버스가 바로 올 때,

우연히 길을 걷다가

친한 친구와 마주쳤을 때,

쉬는 날 마음 맞는 친구와

기분 좋게 술에 취했을 때,

창밖으로 보이는 하늘과 햇살이

적당히 좋을 때,

달과 별이 뜬 밤하늘을

넋 놓고 바라볼 때,

사랑하는 사람의 목소리를

들으며 스르르 잠들 때,

꽃 한 송이 줄 수 있는 사람이 있을 때,

그리고 그 사람이 나를 사랑하고 있음을 느낄 때,

행복은

이미 와 있는 것이다.

평범하게
산다는 건

평범하게 산다는 건 어려운 일이에요.

평범하게 산다는 건,

보통 사람으로 산다는 건,

중간으로 산다는 건,

생각하는 것보다 쉽지 않아요.

평범한 가정에서 태어나

평범하게 학교생활을 보내고

적당한 나이에 취직해

앞가림할 만큼의 돈을 벌고

비슷한 사람을 만나 결혼을 하고

그렇게 쌓인 평범한 날들이 이뤄낸

오늘 하루 또한 특별하지도 유난스럽지도 않게

✳

마무리하는 것도 행복입니다.

누군가에게는 보잘것없어 보이지만
누군가에게는 닿을 수 없는 꿈이에요.

당신이 평범하게 산다는 건
당신의 삶에 충실했다는 증거가 돼요.

당신의 평범함은,
어쩌면 누군가에게는 누리지 못한 행복입니다.

어릴 적 어른들이 평범하게 사는 게 더 어렵다던 말에
공감이 된다면 어른이 되었다는 증거입니다.

성공에 대한 자세

다른 이의 성공을

부러워하거나 배 아파하지 마세요.

그들이 그 자리에 서기까지 보이지 않는 곳에서

얼마나 많은 땀을 흘려가며 노력을 했고

얼마나 여러 번 좌절을 겪고 역경을 이겨내 왔는지

매일 밤, 잠들기 전 얼마나 간절한 기도를 해왔는지

그 자신 말고는 아무도 몰라요.

눈앞에 보이는 그들의 화려함을 멋대로 판단하지 마세요.

그들의 해온 노력에 대해 어찌 함부로 말할 수 있을까요.

✳

그들의 시작은 미약했습니다.

다만 상상할 수 없을 만큼의

노력과 인내로 이루어낸 것일 뿐.

나 역시 시작은 밑바닥일지라도 절망하지도 마세요.

모든 것들은 언제나

미약한 시작에서 비롯됩니다.

해야 할 일 & 하고 싶은 일

하고 싶은 일과

해야 할 일 사이에서 갈등하는 일은

누구나 한 번쯤 겪어요.

갈림길에 서서

어떤 선택을 해야 할지 고민하는 일은

누구라도 참 힘든 일이죠.

주저 없이

하고 싶은 일을 선택하라고 하고 싶지만

현실이 그걸 쉽게 허락해주지 않기에

답답할 뿐입니다.

하고 싶은 일 한 가지를 하기 위해서는

해야만 하는 일 아홉 가지가 생기는 것이 인생이에요.

하지만 이 또한

인생의 즐거움이 될 수 있음을 명심하세요.

해야 할 일을 해내고 난 후,

하고 싶은 일을 했을 때

행복은 더 배가 되니까요.

하고 싶은 일을 할 수 있다는 감사함을

더 완전하게 느낄 수 있으니까요.

부모님께
꿈을 반대하는

부모님이 반대하시는 이유 잘 알아요.

실패할까 봐, 힘들까 봐 걱정되는 마음 때문이겠죠.

하지만 제가 원하는 만큼

간절히 있는 힘을 다해 노력해보고 싶어요.

돈을 많이 벌지 못한다고 해도,

사람들이 인정해주지 않는다고 해도,

제가 하고 싶은 일을 할 때 저는 행복해요.

부모님도 저만 했을 때 꿈이 있으셨겠죠?

지금은 전혀 다른 일을 하고 계실 수도 있지만…

그때의 마음으로

저를 한 번만 바라봐주시면 안 될까요?

＊

후회를 해도 제가 해보고 뼈저리게 후회하고,

실패를 해도 제가 직접 실패를 겪고 나서

다시 일어서 성장해나가는 제가 될 수 있도록

옆에서 응원해주세요.

저와 반대편에 서 계시지 말고,

저와 같은 편에 서서

세상 가장 행복한 제 모습을 바라봐주세요.

잘 잤어? 좋은 아침이야.

밥은 먹었어? 안 먹었으면 얼른 챙겨 먹어.

어디 아픈 곳은 없지?

다행이다. 몸도 마음도 다치지 마.

요즘도 힘든 일 있어?

너무 걱정하지 마. 구름처럼 곧 지나갈 테니까.

왜 그렇게 우울해 있어?

웃어. 넌 웃는 게 예뻐.

오늘 하루도 고생했어.

잘 자고 예쁜 꿈 꿔.

미래가 불안한 당신에게

낮에는 해가 뜨고 밤에는 달이 뜨고,
계절마다 피는 꽃이 전부 다르듯이

당신이 언젠가는 세상에서 가장 아름다운
꽃을 활짝 피울 것을.

지금의 고됨은 당신을 잠시 흔들리게 하는 바람일 뿐입니다.
지금의 눈물은 당신을 잠깐 젖게 하는 비일 뿐입니다.
세상에 흔들리지 않고 젖지 않고 피는 꽃은 없어요.

비록, 지금은 흔들리고 젖어 있더라도
당신은 마침내 세상 가장 아름다운 꽃을 피워낼 것입니다.

언제 그랬냐는 듯 고난과 역경을 이겨내고
꿈이 피어 있길 기도합니다.

오늘의 경쟁

세상에는 잘난 사람이 많습니다.

그런 잘난 사람들과 스스로를 비교하지 마세요.

잘난 사람에 비교하며 나 자신을 낮추는 일은,

나는 왜 이것밖에 안 되는지 한탄하는 일은

자존감이 낮아지는 지름길이에요.

살아가는데 도움이 되지 않는

남과의 비교 대신에

어제의 나와 오늘의 나를 비교하세요.

오늘의 나는 어제의 나로부터

무엇이 달라졌는지,

오늘의 나는 어제의 나보다

나아지기 위해 어떤 노력을 했는지,

혹은 무엇이 부족했는지 비교하세요.

인생의 진정한 경쟁은

어제의 나,

내일의 나와 하는 것입니다.

채
찍
질의
의미

채찍질은 달리는 말에 필요한 법입니다.

더 빨리 달리라고, 멈추지 말고 더 달리라고.

혹시라도 나를 향한 불평이 들려온다면

비난하는 것처럼 들리는 목소리들이 있다면

그것은 달리는 말에 하는 채찍질일 것입니다.

지금 잘하고 있으니 앞으로도 잘하라는 채찍질.

그러니 너무 상처받지 마세요.

남들의 말에 흔들리기에

당신은 너무 잘하고 있어요.

그런 말들에 상처받기에는

당신은 너무 소중합니다.

채찍질은 분명 당신을 아프게 할 테지만

분명 더 앞으로 나아가게 할 것입니다.

방향
속도가 아니라

남들은 토끼처럼 뛰어가는데

나는 거북이처럼 느리게 기어가느라

계속 뒤처지고만 있다고

불안해하지 말아요.

남들이 빨리 간다고 해서

당신이 뒤처진 건 아니에요.

지금 뒤처졌다고

결승점에 늦게 도착하는 것도 아니에요.

중요한 것은

빨리 달리고 멀리 가는 게 아니라

원하는 목적지로의 방향을 알고

그쪽으로 가는 것입니다.

조금씩 느리게 가더라도

원하는 방향을 알고 가다 보면

정말 원하는 것을 이루게 되는 결승점에 도착할 테니

절대 조급해하지 마세요.

인 생
생 방
은 송

태어나는 순간부터 지금까지

그리고 삶이 끝날 때까지,

하루 24시간 멈추지 않고

각자의 생방송이 시작됩니다.

일시 정지도, 되감기도, 빨리 감기도 없습니다.

오로지 '재생'만 있을 뿐이죠.

NG와 같은 실수를 해도

"처음부터 다시 할게요."

할 수 없는 것이 인생입니다.

연습도 리허설도 없고,

정해진 대본을 외워 좋은 모습만 찍을 수는 없습니다.

그렇다면, 이왕 한 번 사는 인생

실수도 하고 실패도 하고 넘어져도 괜찮지 않을까요.

그러고 나서 좋은 모습 보여주면 되니까요.

어쩌면 인생은 생방송이라서,

좋은 모습만 나오는 것이 아니라서,

더 아름답고 재밌는 것일지도 모릅니다.

지금은 비록 조금 불행할지라도

지금은 비록 실수 많은 미완성일지라도

당신이 주인공인 이 방송은

반드시 해피엔딩으로 끝날 것입니다.

이런 날도 있다

목이 메어 눈물이 멈추지 않는 날도 있고

매일 악몽에 시달려 잠을 설치는 날도 있고

모든 걸 내려놓고 싶어 위로받고 싶은 날도 있고

잊을 수가 없어 머릿속이 엉망이 되는 날도 있고

나를 아프게 했던 사람이

괜히 보고 싶어지는 날도 있다.

그렇게 힘들었던 순간들도

지나고 보면 별일 아닌데, 왜 그렇게 힘들었는지.

아팠던 모든 순간들은 지나가기 마련이더라.

확실한 건

과거는 이미 지나갔고,

미래는 아직 오지 않았다는 것.

고요한
그 어느 때보다

살다 보면 어느 순간 내 앞에 폭풍이 불 수 있어요.

거센 비바람이 불고, 공포에 떨게 하는 번개가 치며,
나를 흔드는 그 폭풍이 무섭고, 두렵고,
도망가고 싶을 뿐이겠죠.

고난과 시련은 나를 더욱 강하게 만들어줄 뿐이에요.
폭풍이 지나가고, 아무 일 없기를 바라며 기다리지 말고
그 거대한 폭풍에 맞서 스스로 폭풍이 되어보세요.

언제나 폭풍이 지나간 후에는
고요함이 오기 마련이니까요.

비교라는 불행

내가 가진 것과

남이 가진 것을 비교하지 마세요.

불행은

내 자신과 남을 비교하는 것에서부터 시작돼요.

남이 가진 것을 신경 쓸 시간에

나 자신에게 더 신경을 쓰면

어느 순간부터 남들이 나를 신경 쓰게 됩니다.

행복하고 싶다면

한 시간 동안 행복하고 싶다면

걱정을 잊고 운동을 하세요.

하루 동안 행복하고 싶다면

가장 좋아하는 일을 하세요.

일 년 동안 행복하고 싶다면

하루하루를 감사하며 살아보세요.

평생을 행복하고 싶다면

사랑하는 그 사람을 놓치지 마세요.

당
괜 신
찮
아,

일에 치이고, 사람에 치이고, 사랑에 치일 때

나름 나도 괜찮은 줄 알았는데

하나도 괜찮지 않은 걸 알아버렸을 때

금방이라도 손에 잡힐 것 같았던 꿈이

정신 차리고 보니 너무 멀리 잇고

그렇게 소중했던 친구가

한순간 멀어지고

가장 사랑하는 사람이

가장 사랑했던 사람이 되고

그렇게

모든 것이 무너져버린 밤.

※

괜찮다.

괜찮다.

전부 괜찮다.

모든 것이 무너져도 괜찮다.

모든 것이 떠나도 괜찮다.

어느 틈엔가 유유히 흘러

정신을 차리고 보면 소중한 사람과 시간만 남겠지.

누구도 상처 줄 수 없을 만큼 당신은 소중하다.

마음의 강

맑고 깨끗한 강에 버려진

쓰레기 하나를 바로 치우지 않으면

그 쓰레기는

하나가 둘이 되고, 둘이 셋이 됩니다.

어느새 쓰레기는 쌓이고 강물은 더러워지죠.

깨끗했던 강일지라도, 별수 없이

악취가 나는 강이 되어버려요.

마음도 강과 같아서

누군가 던진 마음의 쓰레기는

바로 버리고, 바로 털어버려야 합니다.

그렇지 않으면,

그 쓰레기가 조금씩 많아져 치우려고 마음먹어도

손댈 수 없이 쌓여 치울 수 없게 돼요.

그리고 나 스스로 감당할 수 없는

마음의 병이 생겨버립니다.

오
늘
나
를
위
해

잠이 들기 전,

하루를 마무리하는 일기를 써보세요.

힘든 하루였지만

예쁘게 뜬 달을 보고 마음이 평온해졌다던가,

좋은 하루였지만

꺾인 꽃을 보고 잠시 우울해졌다던가,

아픈 하루였지만

괜찮다며 흘린 눈물에 기분이 나아졌다던가,

오늘 마음고생 한 나를 위해 잊고 싶은 일을 적어도 되고

하루 일과 중 버리고 싶은 일을 적어도 되고

아무도 알아주지 않았던 하루를 한 줄로 마무리해도 돼요.

오늘의 나를 위해 일기로 하루를 마무리해보세요.

나
만
의
기
준

사람들은 재미없다던 영화를 보고
'난 재밌는데?'라고 생각할 수도 있고,

별 인기 없던 노래를 우연히 들었다가
인생 노래가 될 만큼 감동을 받을 수도 있어요.

그저 그런 동네 음식점이
나에게는 '맛집'일 정도로 맛있어서
사람들에게 소개시켜 주고 싶어질 때도 있고,

주변 사람들의 평이 별로였던 누군가를
막상 내가 만나보니
누구보다 좋은 사람인 경우도 있어요.

*

남들이 정해놓은 기준으로

살 필요는 없어요.

내가 행복하려면

남의 기준이 아니라

내 기준으로 살아야 하니까요.

나를 지키는 법

스스로 자책하며 자신을 낮추지 마세요.

사랑에 실패했다고 해서 내가 못난 사람이 아니고
꿈이 멀리 있다고 해서 내가 실패한 사람이 아닙니다.

사랑에 실패해봐야 사람의 소중함을 알 수 있고,
꿈이 높이 있어야 비로소 간절함을 알 수 있어요.

작은 점이 모여 선이 되고
선이 모여 면이 되는 법.
지금은 작은 점을 계속 찍어가는 중이에요.

당신은 충분히 예쁘고 충분히 훌륭해요.
조금만 자신을 다독이고 위로하며
누구보다 자신을 사랑하고 응원했으면 좋겠어요.

실수의 의미

사람은 누구나 실수를 해요.

일류 피아니스트도 건반을 잘못 칠 때가 있고,

프로 축구선수도 공을 잘못된 방향으로 패스할 수 있어요.

아름다운 인생은 실수로 채워집니다.

실수에 예민하지 마세요.

그 자리에 주저 앉아 스스로를 탓하지 마세요.

몇 번이고 넘어지고 다시 일어서 페달을 밟아야만

자전거 타는 법을 배우는 것처럼

몇 번이고 실수를 하더라도 다시 일어나

앞으로 나아가세요.

우리는 그 실수를 통해 배우고

한층 더 성장할 수 있는 기회를 얻습니다.

꽃길이 열린다

우리는 오히려

가장 좋아하는 일을 할 때

스트레스를 더 많이 받게 됩니다.

그토록 바랐던 일이기 때문에

더 잘하고 싶어서

더 빨리 빛나고 싶어서…

지금 당장

뭔가 나타나지 않는다고 해서

절대 후회하거나 포기하지 마세요.

연습실에서 처절할수록

무대에선 화려한 법이니.

＊

노력하는 시간 속에서

망가져 가고 있는 것처럼 느끼겠지만

그 시간이 가져다줄 당신의 성장은

그 무엇보다 찬란합니다.

지금 걷는 길이 가시밭길이라고 느껴진다면

잘 가고 있다는 증거이기도 합니다.

가시밭길의 종착지는

반드시 꽃길의 시작점일 테니까요.

실패한 인생이란 없다

가진 게 없고

할 수 있는 게 없는 인생일지라도,

그런 인생을 계속 걸어갈 수밖에 없는 자신일지라도,

도전할 때마다 실패만 반복하며

한계만 생기는 것 같고

불가능해 보이는 일만 더 늘어나

세상에 대한 두려움만 쌓아가는 시간일지라도.

언제나 다시 일어설 수 있게 해주는

꿈과 내가 노력하는 모습을 보면서

함께 응원해주는 사람들이 있다면

나의 인생은 성공한 인생과 다름없어요.

아마 모든 것을 이루었을 때보다

더 행복한 시간 속에 있는 것일 테니까요.

자기 사랑의 첫 단계

나에게 맞는 헤어와 패션 스타일을 찾아

이런저런 시도를 해보고

밝은 얼굴을 위해 늘 관리하고

보기 좋을 정도의 몸매 유지를 위한

운동과 식단 조절을 게을리하지 마세요.

몸과 마음에 좋지 않은 일들은

피하도록 신경 써보세요.

누군가 나를 사랑하길 바란다면

나부터 나 자신을 누구보다 사랑해야 합니다.

자기 관리는 자기 사랑의 첫 단계입니다.

간절한 것

인생을 살며 가장 이루고 싶은 것에
간절히 기도하세요.

지금까지 바라보며 달려온 꿈이
이루어지게 해달라고,

내가 좋아하는 사람이 나를 좋아하는
기적을 일으켜달라고.

좋은 일은 안 생기더라도
나쁜 일이 생기지 않게 해달라고
불행한 만큼 행복하게 해달라고
기도하세요.

늘 나 자신을 위해

하늘에 간절히 기도하세요.

그리고

감았던 눈을 살포시 떴을 때,

세상에서 가장 멋진 곳에 있기를 간절히 바라세요.

느껴질 때
불행하다고

불행하다고 느껴질 때면,

내가 공기처럼 여겼던 것들,
너무나 당연히 내 곁을 지키고 있던
그 모든 걸 다시 생각해보세요.

언제나 내 편인 가족들,
세상 그 어떤 것보다 소중한 친구들,
내가 사랑하는 사람,
나를 사랑하는 사람,
이뤄진 꿈들을 살아가고 있는 날들….

이 모든 것을 가지고 있는 나 자신까지.

당연하게 가지고 있는 것들이

사실 당연하지 않다는 것을 떠올리고

감사함을 느끼다 보면

불행은 어느새 희미해지고

누리고 있는 행복을 크게 깨닫게 됩니다.

흔히 사람들은 돈을 벌고, 인정받는 것이

행복한 삶이라고 생각하기 때문에

좋은 직업, 안정적인 직장을 갖길 원해요.

하지만 남보다 돈을 벌지 못한다고,

인정받지 못한다고 행복하지 못한 것은 아니에요.

남보다 돈을 많이 벌고 인정받는 사람들이

모두 다 행복한 것은 아니듯이.

내가 택한 직업에 대해, 일에 대해,

주변에서 하는 알맹이 없는 말들에

흔들릴 필요는 없어요.

내가 하고 있는 일이 얼마의 돈을 벌어다 주는지

인정받을 수 있는지는 중요하지 않아요.

누가 알아주지 않아도

내가 하고 있는 일로 인해 행복하다면,

반드시 누군가 해야 할 일을 하고 있다고

스스로가 인정하고 있다면,

세상에서 가장 중요한 일을 하고 있는 것입니다.

그렇게 믿고 흔들리지 말고

묵묵히 걸어가세요.

그렇게 걸어갈 당신이 자랑스럽고 고마워요.

괜찮아요,

정말 잘하고 있어요.

우리가 선 이 땅에서

목숨 바쳐 나라를 위해 싸운 분들이 지킨 이 땅에서

뜨겁게 사랑하고,

차갑게 이별하고,

가슴 아파하고,

마음껏 그리워하고,

신나게 놀고, 실컷 먹고,

끊임없이 도전하고,

넘어져도 일어나고,

그렇게 온 힘을 다해 살아가세요.

우리가 밟고 있는 땅은

누군가의 피와 눈물, 희생으로 이루어진 것임을

절대 잊지 마세요.

이 소중한 땅에서 행복하게 사세요.

당신에게
놓아버리고 싶은
가끔은 모든 걸

겉으로는 멀쩡해 보이지만

사실은 금방이라도 쓰러질 것 같은 당신에게

지금 잘하고 있다는 확신을 얻고 싶은 당신에게

가끔은 모든 걸 놓아버리고 싶은 당신에게

누구보다 잘하고 있는 당신이라고,

앞으로도 잘할 수 있는 당신이라고

말해주고 싶어요.

앞으로 수없이 더 많은 것들이

힘들게 할 수도 있고

울릴 수도 있어요.

흔들릴 수 있고

포기하고 싶을 때도 있어요.

✳

작은 바람에도 쉽게 흔들리는 지금의 나를

강하게 만들어주는 바람입니다.

그런 나약한 바람에 흔들리지 마세요.

그 정도에 흔들릴 만큼 약하지 않으니까요.

비상의 조건

독수리는 높은 절벽 꼭대기에
둥지를 짓고 알을 낳습니다.

그러고는 알에서 깨어난 새끼를
절벽으로 떨어뜨려요.

어미 독수리는 새끼가
절벽 아래로 떨어지게 두었다가 낚아채고
다시 떨어뜨리고 다시 낚아채기를 반복해요.

오직 새끼가 스스로 날 수 있을 때까지.
그 수많은 과정으로 인해 새끼 독수리는
비로소 스스로 날게 됩니다.

자신을 벼랑 끝까지 몰아세우고 떨어뜨려

날기 위한 날갯짓을 하세요.

다치고 아프고 무섭기도 하겠지만

그만큼 성장하기 위한 과정입니다.

그 시도들이 모여 언젠가는

하늘 높이 비상하는 날이 반드시 옵니다.

독수리는 거대한 날개를 펴고 폭풍을 피하지 않고

오히려 받아들이며 더 높이 나는 새입니다.

새벽

잠이 오지 않는 공허한 새벽이죠.

그리움도 마치 할증이 붙는 듯

나에겐 누군가가 미치도록 보고 싶은 새벽이고,

누군가에겐 마음에 반창고라도 붙이고 싶은

외로운 새벽일 테고,

누군가에겐 많은 걱정과 불안함 속에

스스로 괜찮다며 다독이는 새벽이겠죠.

새벽이란 게 참 그래요.

좋았다가도 어느 순간 나빠지기도 해요.

하지만 하나의 다짐을 하고 또 한 번의 마음을 먹겠죠.

당신의 소중한 새벽은 괜찮았으면 좋겠어요.

※

잠시 고독하더라도 달이 지고 해가 뜨는 순간처럼

마음이 편안했으면 좋겠어요.

기나긴 기다림 끝에 맞이한 당신의 새벽은

그 무엇보다 황홀하길.

어른이 된다는 것은

의지와 상관없이 각박한 세상에 나를 던지는 것.

많은 것을 얻고 또 많은 것을 포기해야 하는 것.

상처를 주는 일보다 받는 일이 더 많아지는 것.

힘들고 무너져도 두 다리로 꿋꿋하게 버텨야 하는 것.

자기 자신을 책임질 수 있는 것.

그리고

책임이라는 단어가 얼마나 무거운지 느끼게 되는 것.

어린아이로 다시 돌아가고 싶다고 생각이 들 때,

정말 어른이 다 된 것이다.

때로는 도망

때로는 나 자신을 위해
도망가도 괜찮다.

사람에게 다쳐 상처받고 홀로 남겨진 나를 위해,
마음이 떠난 사람을 억지로 힘겹게 붙잡고 있는 나를 위해,
지치고 힘들 때 모든 걸 잠시 내려놓고 싶은 나를 위해,
수십 번 넘어져 더 이상 일어설 수 없는 나를 위해,

텅 빈 마음이 누군가로 채워질 때까지만,
무릎에 난 상처가 조금 아물 때까지만,

잠시 도망가도 괜찮다.
그 모든 상처를 견디며 살지 않아도 된다.

소문은 소문일 뿐이다

나에 대해 거짓으로 포장된

소문이 떠돌고 있다면, 신경 끄고 무시하세요.

그러면 모든 것이 제자리로 돌아갑니다.

오히려 거기에 대꾸하고 해명할수록

그 소문은 또 조금씩 모습을 바꾸면서

자라나고 퍼져 나가요.

걱정하지 마세요.

진실이 아닌 거짓된 소문이란

시간에 묻히기 마련입니다.

가끔 그런 날
있잖아

가끔 이유 없이 외로워질 때가 있다.

이 넓은 세상에

나를 생각해주는 사람 하나 없는 것 같고

나만 빼고 모두 행복한 것 같고

막상 이럴 때 연락하려니

마땅한 친구가 떠오르지도 않고

불 꺼진 방에서

핸드폰만 만지작거리고 있는

나 자신이 볼품없고 초라해질 때.

밤만 되면 옥상에 올라가 밤하늘을 보며

답답한 마음을 풀게 된다.

지금 가장 무서운 건

내가 이 외로움에 적응해가고 있다는 거다.

인생은 뜀틀

눈앞에 뜀틀이 있습니다.

한번 넘을 때마다 뜀틀의 높이는 높아지고

내 키보다 높아지는

뜀틀 높이에 겁이 납니다.

도움닫기 없이

뜀틀을 넘는 건 어려운 일이죠.

뜀틀에 부딪히기도 하고

뛰어올라도 걸리기도 하고

넘어도 제대로 착지하지 못하고

엉덩방아를 찧을 수도 있습니다.

✳

하지만 충분한 도움닫기는

넘을 수 있을까 싶었던 높이의 뜀틀을

넘을 수 있도록 도와줍니다.

지레 겁먹지 말고,

달려가서 도움닫기를 해보세요.

지난 실패의 경험을 잊고,

당신의 땀과 좌절과

그걸 넘어온 당신의 노력들이

결코 헛된 것이 아님을

이번 뜀틀을 넘어서 꼭 보여주세요.

다시 힘차게 도움닫기 하는 당신이 참 멋집니다.

현재의 자리

과거는 이미 지나갔고,

현재는 지금 알고 있으며,

미래는 만들어가는 것.

우리 지난날이 어찌 되었든,

책을 읽고 있는

지금 이 순간만 바라보면 됩니다.

지금 여기 현재에 집중할 것.

새로운 나를 위해.

더 좋은 나를 위해,

과거는 버리세요.

그래야 그 빈자리에

새로운 현재가 들어올 수 있으니까요.

눈을 감아봐

잠시 눈을 감고
죽기 전에 하고 싶은 일,
이루고 싶은 일들을 떠올려요.
그리고 그것을 종이 위에 적어보세요.

정말 가고 싶었던 곳으로의 여행
꼭 먹어보고 싶었던 음식
꼭 한 번쯤 만나고 싶었던 사람….

마음속에 담아두었던 말을 꺼내도 좋아요.
그저 하나씩 적어가면서 행동에 옮겨보세요.

어린 시절, 떼를 쓰면 이루어졌던 것처럼
우리가 사는 세상은
편안하고 원하는 대로 되지만은 않죠.

그러나 인생이 살 만한 이유는

우리가 아직까지 겪어보지 못한 즐거움이

너무도 많기 때문이에요.

마치 흥미진진한 드라마를 보는 것처럼

내일은 무슨 이야기가 펼쳐질지 궁금해하며 살아요.

깜깜하고 각박하다고만 생각하지 말고,

지금의 내 상황에 머뭇거리지 말고,

당신이 하고 싶었던 그것들을

오늘 당장 실행해보세요.

돌아보는 시간

정신을 차려보니 어느덧 달력 끝에 왔는데

1년이라는 시간 동안 너무 많은 일이 있었던 것 같다.

꿈꿔왔던 순간이 기적처럼 이루어진 것도 있고

노력해온 날들이 물거품이 되어버린 일도 있었고

내 곁에 머물던 사람들이 하나둘 떠나

혼자 걷는 날도 있었고

생각지도 못한 사람이

인생에서 없으면 안 될 소중한 사람이 되었고

끝이 보이지 않을 것 같은 사랑이

그 끝을 보여 끝나게 된 사람도 있고

외로운 밤이 되면 빛나는 별이 되어

나를 비춰주는 사람도 있더라.

매년 느끼지만 기대는 언제나 실망을 시키고

불행한 만큼 행복은 찾아온다.

최소한의 방법

나를 지키는

마음이 아픈 날엔

평소보다 일찍 잠에 드세요.

힘든 것을 계속 되새기다 보면

그 마음의 파동이 주변 사람들에게까지 미쳐

모두를 힘들게 해요.

한숨 푹 자고 일어나 맛있는 음식으로 배를 채우고

햇볕을 쬐며 동네 한 바퀴를 산책하고

공원에 앉아 마음을 위로할 책 한 권을 읽고

집 가는 버스에 앉아 나를 다독여줄 음악도 듣고

그동안 앞만 보고 달리느라,

무심코 지나쳤던 것들을 보면서

바쁘게 사느라 마음고생 많았다며

나 자신에게 스스로 기운 북돋는 하루를 보내세요.

지금껏 힘들었던 나에게,

앞으로 고생할 나에게,

상처받은 마음에 고요함을 주세요.

무너지지 않고, 버틸 수 있게.

Part 2

✳

**사랑이
이런 거라면**

있는 그대로의 모습을 사랑하는 법

있는 그대로의 그 사람을 사랑하세요.

자꾸 이것저것 재고 따지면서
당신이 원하는 모습으로 그를 바꾸려고 하면
지치고 힘들어집니다.

사랑하는 사람에게 기대하고
바라는 것들이 많아지는 게 당연하지만
그를 당신에게 맞추려는 순간
모든 것이 어긋날 거예요.

왜 내가 원하는 대로 해주지 않느냐고
그건 날 사랑하지 않는 거라고
공연히 서운해하지 말고

＊

사랑하기에도 턱없이 부족한 시간,

그냥 있는 그대로의 그를 사랑하세요.

그 사람을 처음 보고 사랑에 빠졌던

그때 그 모습 그대로 사랑하세요.

롱
디

보고 싶을 때 볼 수 없고

힘들 때 곁에 있어 줄 수 없기에,

몸이 멀리 있어 마음도 멀어진다는 말.

작은 촛불은 바람에 힘없이 꺼지지만

큰불의 불길은 바람에 더욱 세지듯이 우

리의 사랑과 믿음의 크기가 크다면

불안해하지 않아도 괜찮아요.

몸이 멀어지고 눈앞에 서로가 보이지 않게 되어도

더욱 애틋해지고 단단해질 테니.

*

보고 싶은 마음을 참아가며 보낸 밤들,

오랜만에 만났을 때의 말로 표현할 수 없는 행복,

연락 한 통의 소중함,

옆에 있을 때는 미처 몰랐던 감정들.

물리적 거리는

헤어짐의 이유가 될 수 없어요.

확신과 진심이 있다면

조금 더 그 사람을 믿으세요.

그리고 마음을 다해 표현하세요.

멀리 있다는 이유로 헤어지게 되었다면,

딱 그 정도의 사랑이었으니까요.

권태기 극복하기

권태기라 느껴질 때면
함께했던 순간들을 떠올려보세요.

졸린 눈으로 밤새 핸드폰을 붙들고 했던 전화 통화,
서로를 바라보던 사랑 넘치는 눈빛,
오랜만에 만나러 가는 길에 떨리고 설렜던 발걸음,
포장마차에서 맛있게 먹었던 떡볶이와 어묵,
늦은 밤 데려다 주던 골목길에서 수줍게 닿은 입술,
공포 영화를 보면서 꽉 잡고 있던 손,
크게 싸우고 화해하며 더 애틋해졌던 날,
밤하늘을 보며 했던 평생의 약속.

이별 후에 내가 아닌
다른 사람 옆에 있을 그 사람을… 떠올려보세요.
지금 옆에 있는 사람이 내 사람이 되기까지
노력하고 뜨거웠던 순간들을 잊지 마세요.

그 사람이 원하는 것

사랑하는 사람이 불안해한다면

확신을 주세요.

도대체 왜 그러냐며 화를 낼 게 아니라.

"그런 점 때문에 불안했구나."

"내가 더 노력할게. 잘할게." 이 한마디에

그 사람은 안심하고 사랑받고 있다고 느끼니까요.

당신을 믿지 못하고 헤어지고 싶어서가 아니라

당신으로부터의 확신이 필요한 거예요.

그 사람이 걱정하지 않도록

따뜻하고 다정한 말 한마디를 꼭 해주세요.

보석의 주인

사랑을 만나는 일은

보석을 캐는 일과 같아서

어느 날은 보석을 얻기 위해 하루 내내 땅만 파고

또 어느 날은 '이렇게 한다고 보석이 나올까'라는 생각에

힘들기도 하고 눈앞에 나타나지 않는 보석이

과연 있을까 믿기 힘든 날도 올 거예요.

그래도 어딘가 있을 보석을 포기하지 마세요.

내 옆에 있을 단 한 사람은

결코 지천으로 널린 돌멩이가 아닙니다.

＊

세상에 단 하나뿐인

희귀하고 아름다운 보석이에요.

쉽게 찾아지지 않는 게 당연해요.

나의 보석은 생각보다 가까이 있을 수도 있고

혹은 이미 닿아 있지만 모르고 있을 수도 있어요.

그 보석 또한 내가 자신을 찾아주기를,

주인이 되어주기를, 기다리고 있을 겁니다.

궁금한 사람

내 모든 게

나의 하루를

궁금해하는 사람과 사랑하세요.

잠은 잘 잤는지,

밥은 먹었는지,

기분은 어떤지,

아픈 곳은 없는지,

보고 싶진 않은지,

목소리 듣고 싶지 않은지,

오늘 하루를 힘들게 한 일은 없었는지

늘 물어보는 사람.

※

하루의 끝에

따뜻한 달이 되어 다독여주는 사람.

보고 싶다면

내가 있는 곳까지 바로 와주는 사람.

목소리 듣고 싶다면

바로 전화 걸어주는 사람.

사소한 것 하나로도

나를 조금 더 특별한 사람으로,

사랑받는 사람으로

느끼게 해주는 사람과 사랑하세요.

헤어진 후에

헤어진 후에도 미련이 남는 사람이 있다면

지금 연락하세요.

매일 아침 혹시나

연락이 왔을까 핸드폰을 먼저 찾고

멀리서라도 한번 보고 싶어서

한참을 집 앞에서 서성이고

술의 힘을 빌려 전화를 걸고 싶어

망설이고 있다면 지금 붙잡으세요.

놓아주고 싶은 마음보다

아직은 함께하고 싶은 마음이 더 크다면

그 사람에게 가서

마음속에 있는 말들을 모두 하세요.

✳

그렇게 용기를 내어 힘겹게

다시 그 사람을 만날 수 있게 된다면,

지금 느낀 그 간절함과 소중함을

오래도록 간직하고 잃지 마세요.

소중함을 아는 사람

넘치는 사랑을 고맙게 여기는 사람을 만날 것.

나밖에 모르는 일편단심인 사람을 만날 것.

사랑하면 할수록 더 애틋해지는 사람을 만날 것.

혼자서만 사랑한다는 생각이 들지 않도록

먼저 사랑을 표현해주는 사람을 만날 것.

무엇보다

날 더 좋아해 주는 사람을 만나

받은 상처를 아물게 하고

행복해질 것.

그녀의 이야기

엄마,

그녀는 뱃속에 나를 가졌을 때 기뻐서 눈물을 흘렸다.

10개월이라는 시간 동안 그녀는 나 때문에

몇 번이고 아프고 불편해야 했다.

수없이 밀려오는 구역질과 통증을 참아내고

나의 발길질에 잠을 이루지 못한 밤은 셀 수 없다.

말로 표현할 수 없을 만큼의 고통을 참아내고

나를 세상에 꺼냈다.

그녀는 작은 나를 안고 울었다.

기쁨과 감사의 눈물을 하염없이 흘렸다.

＊

나의 작은 울음소리도 그녀에게는

천둥보다 더 큰 소리로 들렸다.

새벽까지 잠들지 않는 나를 재우기 위해

팔이 저리고 허리가 아프도록 안아주었다.

누워만 있던 내가 앉고, 서고, 첫 걸음마를 떼고

그녀에게 "엄마"라고 처음 불렀을 때,

그녀 생애 최고의 감동을 느꼈을 것이다.

나의 엄마라는 이유로,

나를 사랑하는 엄마라는 이유로

그녀는 나에게 모든 것을 다 주었다.

＊

지금부터 모든 마음으로 다해도
엄마가 나에게 준 사랑에 비하면 그것은
늘 부족하다.

나를 꽃피우기 위해
모든 걸 감수하신 엄마, 우리 엄마.

그때로 돌아간다고 해도 다시
나를 꽃피우는 것으로 생을 채우고
싶다고 말하는 우리 엄마.

단순한 이치

좋아하는 사람에게 연락이 없다면
나에게 관심이 없는 거예요.

내가 먼저 연락하고 먼저 다가가고
내가 보내는 메시지엔 물음표만,
상대에게 오는 메시지엔 마침표만 있다면
하루빨리 연락을 끊는 게 좋아요.

나에게 관심이 있었다면
내가 먼저 하지 않아도 연락이 왔어요.

결국 아쉬운 사람이 연락하는 법이니까.

사랑은 사랑이 치유한다

사람에 크게 데여, 다가오는
좋은 사람을 밀어내지 마세요.

사람이 다가오면 먼저 겁을 먹어
나에게 또 상처를 줄까 봐 무서워지고

마음의 문을 닫으며 계산을 하고
똑같은 사람일까 봐 사람을 믿지 못하고

헌신하면 헌신짝이 되어 또 버림받을까
마음을 주지 못하는 마음 잘 알아요.

다가오는 저 사람이
다시 내 마음을 할퀴고 갈 사람일지
치유해줄 사람일지 알 수는 없겠지만

*

언젠가 받았던 상처를 잊게 하고
입가에 미소를 짓게 하는 사람,

행복을 알게 하고 사랑받는 사람으로
만들어주는 사람은 분명히 나타납니다.

그러니 지난 상처를 준 사람에게
마음이 묶여 너무 길게 아파하지 마세요.
모두를 밀어내지는 마세요.

당신의 상처를 치유해줄 수 있는 사람이
다정하게 다가오고 있을지도 모르니까요.

이별을 이겨내는 법

이별에 상처받은

당신이 그만 아팠으면 좋겠다.

옆에 있을 때 잘해주지 못해 후회스럽고

잊으려고 하면 할수록 더 보고 싶고

연락하고 싶지만 싫어할까 봐 망설이고

자꾸 생각은 나지만

그렇다고 다시 만나고 싶은 것은 아닌 것 같고

헤어졌을 당시에는 몰랐던

후폭풍이 찾아와 힘들고….

이별이란 절대 없을 것 같던 우리가 헤어지니

당연히 가슴이 찢어질 수밖에 없죠.

하지만 이제 그만 아파도 될 것 같아요.

어쩌면 그 사람은 당신만큼 아프지 않을 수도 있으니까요.

당신이 이러고 있는 것도 모르는 사람인데

이제 그만 아파하고 힘들어해도 돼요.

고백은
용기다

좋아하는 사람이 있다면

망설이지 말고 고백하세요.

보고 싶으면 보고 싶다고

목소리가 듣고 싶다면 전화하고 싶다고

좋아한다면 좋아한다고 말하세요.

고백은 용기입니다.

용기가 없다면

사랑은 이루어질 수 없어요.

진심으로 전부 표현하고 잘해주고

노력한다면 언젠가 그 사람도 날 사랑해줄 거예요.

차일까 봐 고백을 하지 못하는 것보다

나의 연인으로 만들 수 없음을 두려워하세요.

애틋해져

연애가 더 애틋해지는 방법은

오늘이 가기 전에 서로가 서로에게

서운한 일이 있었다면 서운했다고 말하고

고마운 게 있다면 고맙다고 말하는 거예요.

섭섭했던 마음을 안고

내 마음 모르는 사람에게 괜히 모질게 굴지 말고

오늘 밤이 지나가기 전에 얘기해보세요.

또, 작은 것이라도 감동받았고 고마운 게 있었다면

그 또한 오늘 밤이 지나기 전에 말하세요.

이 작은 한마디들이 사랑하는 사람의 자존감을 지켜주고

그 사람 스스로 사랑받을 만한 사람이란 걸

알게 해주니까요.

첫사랑이었다
나도 누군가에게는

같이 있는 것만으로도 누군가를 행복하게 했고

별을 따다 줘도 부족할 만큼 소중했고

떠날까 불안한 마음이 들게도 했고

이 사람이 아니면 안 되겠다는 확신을 갖게도 했다.

이별하고 슬픈 노래를 들으면

가슴 저리게 생각나는 사람이었고

같이 손잡고 걸었던 거리에서 떠올리는

추억 속에 사는 사람이었고

잊으려고 하면 할수록

더욱 사무치게 떠오르는 사람이었고

아침에 눈을 뜨고 밤에 눈을 감기까지

가장 보고 싶은 사람이었다.

＊

붙잡고 싶어도

더 이상 붙잡을 수 없을 만큼 멀어졌지만,

순수했던 그 시절 사랑을 가르쳐주고

세상에서 가장 아픈 이별도 가르쳐준 사람이었다.

나도 그 누군가에게는.

누군가에게 간절했지만 이루어지지

못했던 첫사랑이었다.

끝까지 말하지 말아야 할 끝

사랑하는 사람과

아무리 크게 싸우더라도

"끝내자"라는 말은 쉽게 하지 마세요.

사랑을 하면

서로 원하는 것이 많아지고

보고 싶은 마음도 커지니

사소하고 아무렇지 않은 일로

싸우고 다투는 것이 당연한 일입니다.

어쩌면 그 모든 일이

사랑하기 때문에 생기는 일이에요.

✳

그 사람이 나에게 더 잘 보였으면

내가 그 사람에게 더 잘 보였으면 하는 마음이

자꾸만 마찰을 생기게 하는 거예요.

"왜 자꾸 싸울까?"

힘들다고 끝내버릴 생각부터 하지 말고

사랑하는 마음을 꽉 쥐고

이 마음을 지켜나가려 노력하고 맞추가는

매일 더 단단해지는 그런 사랑을 해보세요.

1%
의
남
자

군대를 기다려주는 여자는

무슨 일이 있어도 놓치지 마세요.

나를 보내며 꼭 안고 기다리겠다는 여자.

'곰신 카페'에 가입하고 전역 날짜를 매일 계산하며

아침의 굿모닝과 저녁의 굿밤은 못하지만

정성스레 손 편지 쓰는 일로 버팀목을 삼는 여자.

주말마다 보지 못해도,

멀리서 나를 묵묵히 생각해주는 여자.

휴가 때면 너무 좋아서

시간 가는 줄 모르게 행복해하는 여자.

그 힘든 2년을 견뎌준 여자를 두고

군화 거꾸로 신지 마세요.

✳

그녀의 눈에서 흘러야 하는 눈물은

이별의 눈물이 아니라

나의 전역에 기뻐하는 눈물이어야 합니다.

군대 기다려주는 여자는 1%입니다.

그리고 군대 기다려준 여자와

끝까지 함께할 남자도 1%입니다.

그 1%의 남자가 되세요.

아
마
도
사
랑

일기예보 없이 찾아온 비가 내린 지금,

그 사람이 걱정된다면

노래의 가사를 듣고 스쳐 지나간 사람이 생각난다면

잠이 오지 않는 새벽 문득 떠오르는 사람이 있다면

감히 그 사람을 사랑해도 될까 끙끙 앓고 있다면

그런 아마 사랑이겠지, 너무 간절한.

부모님과 함께

함께 여행을 가고

친구들과 자주 가는 맛집에도 같이 가고

볕 좋은 카페 테라스에 앉아

어릴 적 이야기도 도란도란 나누고

가족사진을 찍어 지갑에 꼭 넣어두고

꼭 안아 드리면서 옆에 계셔 고맙다고

말씀드려보세요.

오랫동안 우리의 등만 바라봐온 부모님께

이제 돌아서서

기쁜 마음이 들 때까지 보살펴 드리세요.

당신의 가장 아름다운 시기에

우리를 꽃피워주셨으니

가장 아름다운 말년은 우리가 꽃피워 드려요.

사랑을 시작하는
당신에게

사랑을 시작하는 당신에게 이렇게 말해주고 싶어요.

내가 사랑했던 것들이 나를 사랑하지 않을 때마다,

나를 떠날 때마다 마음 아파해야 했어요.

사랑에 상처를 받고 오랜 시간이 지나

비로소 알게 되었죠.

내가 사랑하고 있는 것들은

언젠가 나를 울리고 아프게 한다는 것을.

깊은 사랑은 깊은 상처를 남기듯

사랑하는 것은 상처받기를 허락하는 일입니다.

사랑에 상처받기에는 소중한 당신이,

사랑받는 것을, 상처받는 것을

두려워하지 않았으면 좋겠어요.

나의 욕심처럼 이런 사람, 저런 사람 만났으면 좋겠지만

사실 좋은 사람이 아니더라도 괜찮아요.

그저 당신이 힘들 때면

말없이 안아주고, 곁에 있어주는 사람이라면

외롭다고 말을 하면

언제든 당신께 달려와 줄 수 있는 사람이라면

당신의 가치를 높여주고 무엇보다 소중하다는 걸

느끼게 해주는 사람이라면

요즘 당신을 웃게 하고 행복하게 해주는 그런 사람이라면

누구라도 만났으면 좋겠어요.

혹여나 당신을 힘들고 아프게 한다면,

소중하게 생각하지 않는다면

그 관계를 조금 뒤돌아보는 계기가 되기를.

＊

당신은 소중하고 충분히 사랑받을 수 있는 사람입니다.

사랑을 시작하려는 눈부시게 아름다운 마음이

그 사람으로 인해 빛을 잃지 않았으면 해요.

당신의 사람

당신이 힘들 때

같이 있어주는 사람과 평생을 함께하세요.

모든 사람의 마음은 똑같아요.

최고의 모습일 때는

주변에 언제나 하늘의 별처럼 많은 사람들이 있지만

최악의 모습일 때는

그 많던 사람들이 사라지고 옆에 아무도 남지 않아요.

먹구름이 끼고 비바람이 몰아칠 때

다시 하늘이 맑아지고 무지개가 뜰 때까지

옆에서 우산을 씌워주는 사람,

당신의 최악의 모습을 보고도

진심으로 응원하고 사랑해주는 사람이

진짜 당신의 사람입니다.

뚝배기 냄비보다

사랑하는 사람에게 늘

오늘이 마지막인 것처럼 마음을 다하세요.

처음 사랑을 시작했을 때는

그렇게 열정적이었던 마음을 식게 하고

어느 순간 딱딱해진 것도 모자라

얼음처럼 차갑게 만드는 게 시간이에요.

매일 듣는 노래, 일 초도 빼놓지 않는 반지처럼

익숙하고 익숙해서 더 소중하고 아껴주는 사랑.

불이 붙으면 뜨거워져 확 끓고

불이 꺼지면 금방 식어버리는

냄비 같은 사랑이 아니라,

언제나 한결같기를 바라는 게

사랑하는 사람의 마음입니다.

바라는 연애

사람에, 사랑에 크게 상처받은 당신이

이제는 제대로 된 사람을 만나 연애를 했으면 좋겠다.

보고 싶다 하려고 하면 언제든 내 눈앞에 나타나 주는 사람

전화를 걸려고 하면 매번 먼저 전화가 오는 사람

사랑한다고 말하려니

내가 있어 너무 행복하다고 말해주는 사람

자신의 하루를 말하는 사람이 아닌

나의 하루를 궁금해하는 사람

무엇이든 내가 우선인 바보 같은 사람을 만났으면 좋겠다.

내가 사랑을 표현하려고 하는 순간 기가 막힌 타이밍에

상대가 먼저 사랑을 표현하는 연애.

변치 않는 것

시간이 흘러도,

사람이라면 상대방의 겉모습에 이끌려
호감이 생기는 건 당연해요.

겉모습이 아름다워 사랑에 빠질 수는 있지만,
결국 가장 중요한 부분은 무엇보다
나를 좋아해 주는 마음이에요.

아름다운 겉모습은 세월이 흐르면 늙어가지만
마음이라는 것은 늙지 않으니까요.

돌이킬 수 없는 것

당신을 사랑하지 않는 사람과의
이별을 망설이지 마세요.
떠난 마음을 다시 되돌리려는 것만큼
바보 같은 짓은 없습니다.

이미 변해버린 것은 돌이킬 수 없는 것

지금 필요한 것은 놓아줄 수 있는 용기.

그토록 아름답던 장미도
때가 되면 언젠가 시들어버리듯
좋았던 시절이 지나간 우리의 사랑도
끝나는 것이 맞습니다.

바람에 흩날리는 벚꽃처럼
떨어지는 꽃이 더 아름다운 때가 있습니다.

나를 좋아하는 정도

연락을 자주 하는 사람을 만나세요.

내가 먼저 묻지 않아도

자기가 어디에 있는지,

무엇을 하는지 알려주고

떨어져 있는 시간 동안 기다리고 있을

나의 마음을 생각해주고

걱정하지 않도록 연락이 왔을 때

바로바로 답장해주는 그런 사람.

연락은 사랑의 척도는 아니지만

얼마나 상대에게 관심 있는지,

생각하는지를 증명할 수 있는 증거입니다.

연락이 없다는 것은 나를 생각하지 않는 것은

물론 마음도 없다는 의미예요.

다
시
는
그
런
사
랑

모든 걸 사랑할 수 있을 줄 알았다.

연락이 늦어도 아무렇지 않은 듯 이해했고
잘못하지 않았어도 먼저 사과해서.
헤어지고 싶지 않았다.

날 사랑하지 않더라도 옆에 두고 싶어서,
힘들어도 가면을 쓴 채 내 마음을 쏟았다.
나를 버리면서 그 사람을 사랑하고 있었다.

그렇게까지 해서 사랑하고 있는
나의 모습은 그 무엇보다 비참했다.
매번 흐르는 눈물을 혼자 훔치고 있는 사람도 나였고,
매일 밤, 잠 못 이루며 아파하는 사람도 나였다.

이제 다시는 그런 사랑, 하지 않을 거다.

그런 사랑은 이별보다 더 아픈 선택이니까.

나 혼자서는 사랑을 이어갈 수 없다는 걸 알았으니까.

망설임 없이
날 두고

착하고 다정한 사람을 만나세요.

가끔 내가 좋아하는 꽃을 사주고,

자기를 닮은 곰 인형을 꼬옥 안고 자라며 선물하고,

내 생각이 날 때마다 편지를 써주고,

보고 싶다면 망설임 없이 바로 달려와 줄 수 있는,

그런 사람을 만나세요.

변하지 않는 사람은 없다

기다림을 모르도록 답장해주던 그 사람이
하루에 몇 번의 답장도 귀찮아할 때가 오고,

진심이 넘쳐흘렀던 사랑한다는 말이
무미건조하게 느껴질 때가 오고,

늘 다정했던 말투가
무뚝뚝하게 변할 수도 있고,

나의 모든 것을 궁금해하던 그 사람이었는데
이제는 나만
그 사람의 일상을 궁금해하고 있을 수도 있어요.

열정적으로 뜨거웠던
사랑이 식어버리는 것은 어쩌면 당연합니다.

누구나 처음과 같지 않을 수도 있어요.

하지만 그 변해버린 사랑으로 인해
내가 힘들고 지친다면,
더 이상 충분히 사랑받는 느낌을 받지 못해
마음이 괴롭다면

지금 마음속으로 내린 그 결정을
응원합니다.

가면
금지

사랑은 연극이 아닙니다.

나의 모습을 더 과장해서 보여줄 필요도,

또 다른 모습을 보여줄 필요는 전혀 없어요.

그 사람과 있을 때

가장 나다운 모습을 보여줄 수 있는 사람을 만나세요.

너무 좋아하면 사소한 거에도 삐지는 내가 삐지지 않고,

힘들면 기대려고 했던 내가 약해 보이기 싫어 기대지 않고,

거짓말이 들통 나면 화부터 냈던 내가 모른 척 속아주고,

연락이 늦으면 잔소리를 자주 했던 내가

조금씩 이해해주는 사랑 말고,

있는 그대로 편하게 사랑할 수 있는 사람과 사랑을 해라.

가면을 쓴 채 힘들게 연기하는 사랑은

언젠가 끝나기 마련이다.

언제라도 좋은 말

말 한마디도 예쁘게 하는 사람을 만나세요.

어떤 말을 하면

나를 웃게 할까 늘 고민하는 사람.

언제 들어도 좋은 말들로

마음의 상처를 치유해주는 사람.

그 사람 한마디로

하루를 밝게 비춰주는 사람.

그런 사람을 만나세요.

그런 사람

나 좋아 미치겠다는 사람 만나세요.

내가 아니면 절대 안 되는 사람 만나세요.

하루 종일 머릿속에 온통 내 생각뿐인 사람

밥을 먹을 때마다 맛있게 먹으라며 전화해주는 사람

사랑한다는 말과 보고 싶다는 말을 아끼지 않는 사람

어제보다 오늘 더 예뻐해 주는 사람

변하지 않고 한결같이 옆에 있어주는

그런 사람을 만나세요.

착각
잊지 말아야 할

부모님이 언제나 우리 곁에

계실 거라고 착각하지 마세요.

변함없이 항상 곁에 계실 거라는 착각에

괜한 일에 짜증을 내고

투정부리고 화를 내게 되는 것 같아요.

소중한 존재임에도 늘 그 소중함을 잊고

소홀하게 대하는 것 같아요.

나의 모든 것을 주어도 부족한 분들이에요.

더 늦기 전에 사랑한다고, 고맙다고 말씀드리세요.

곁을 떠나는 순간 땅을 치고 후회할 사람은 우리입니다.

늘 곁에 있어 소홀했지만

늘 곁에 있기 때문에 더 소중한 부모님입니다.

함부로 상처 주지마세요

당신을 좋아해 주는 사람을 놓치지 마세요.

그리고 상처를 안기지 마세요.

아마 당신 인생에 가장 큰 후회가 될 수도 있어요.

마음은 바람에 흔들리는 갈대처럼

이리저리 흔들리기 쉬운 것임에도 불구하고,

그 갈대 같은 마음이

한곳에 머무른다는 것은 정말 힘든 일이기에.

내 마음에 꽉 차지 않는다고

무조건 밀어내지는 마세요.

결국 시간이 지나면 알게 되는 법.

내가 좋아하는 사람보다

나를 좋아해 주는 사람을 만나야 된다는 것을.

누군가를 간절하게 기다려보았고

✳

좋아하는 마음을 잘 알고 있다면

한결같이 당신을 좋아해 주는 사람을 만나세요.

내가 생각하는 것보다 훨씬 더 훌륭한

인연이 될 수도 있어요.

지켜야 할 것
마지막까지

나를 버리면서까지 다른 사람에게 매달리지도 말고
사랑을 구걸하지도 마세요.

나를 잃으면서 끝끝내 그 사람을 얻을지 몰라도
그동안 받아왔던 상처들이 마음의 벽을 하나씩 지어서
더 이상 상처받을까 두려워 목에 걸린 가시처럼
숨만 쉬어도 아픈 날이 옵니다.

당신이 만나야 할 사람은 상처를 받을 때마다
마음의 벽을 지어서 마음의 문을 닫게 하는 사람이
아닌 쌓아왔던 상처가 그 사람으로 인해
허물어지게 하는 사람입니다.

나를 잃은 사랑은 끝내 그 사람도 잃게 합니다.

사람이약

사람에게 받은 상처는 사람으로 치유하세요.

손가락에 난 상처는
시간이 지나면 언제 그랬냐는 듯 아물겠지만
마음에 난 상처는 그렇지 않아요.

밥을 먹을 때도, 거리를 걸을 때도,
눈을 감아도, 생각이 나요.
생각이 나면 가슴이 아프고 눈물이 나서
평생 아물지 않는 경우도 많아요.

생각나면 실컷 울고
보고 싶으면 함께 했던 시간들을
회상하며 잊으세요.
시간이 약이 아니라 사람이 약이니까요.

오늘은 당신의 날

당신이 태어났을 때 모든 사람이 기뻐했다.
당신이란 존재는 모두에게 큰 행복이었다.

당신 주변의 모든 사람들이
어여쁜 당신을 만나 하늘에 감사했다.

당신이 좋아하는 사람.
당신을 좋아하는 사람들과 함께
오늘 하루만큼은 세상 다 가진 것처럼
행복하게 보내길

그리고 언제나 오늘 같은 마음으로 지내길.
생일이 아니더라도
매일 축복받고 사랑받기를

태어나줘서 진심으로 고마워요.

이별
후

언제나 옆에 있어줄 것 같던 사람의

뒷모습을 우연히 보게 되었을 때,

함께 듣던 노래가 길거리에서 흘러나와

발걸음을 멈추게 할 때.

보고 싶어도 더 이상 볼 수가 없다는 것을

깨달았을 때,

가장 행복했던 순간들을

그리워할 수밖에 없을 때마다

죽을 것처럼 마음이 아팠다.

헤어지는 것이 이런 거라면

다시 사랑 같은 건 할 수 없다고,

다시 누군가를 사랑할 수 없을 줄 알았다.

*

하지만 이제 안다.

죽을 것처럼 힘든 만큼

내가 그 사람을 참 후회 없이 사랑했다는 것을.

사랑할 수 있는 시간 동안 아낌없이 사랑했고,

해줄 수 있을 때 최선을 다 했다는 것을.

지금은 가슴에 멍든 것처럼 아프지만

시간이 지나 서로 각자 좋은 사람 곁에 머무르겠지.

떠나보내야 할 인연

한 번 바람피운 사람은 절대 다시 만나지 마세요.

나에게 했던 말, 행동, 애정 표현을
다른 사람에게 하고 무엇보다 나를 속인 사람이에요.

'그래도 잘 해줬는데…'라는 생각에
용서하고 다시 만나는 바보 같은 짓은 그만두세요.

세상에 멀쩡한 사람이 얼마나 많은데
그런 쓰레기 같은 사람에게 헤어나지 못하세요.

눈부신 사람
내 곁의

한 사람과 오래 연애를 하다 보면

익숙함으로 인해 다른 사람이 눈에 들어올 때가 있어요.

새로운 사람을 만나면 설레기도 하고 좋기도 해요.

하지만 결국 그 사람도 똑같다는 말이에요.

잠시 내 옆에 있는 사람을 한 번 바라보세요.

누군가에게 새로운 사람일 테고, 눈부신 존재입니다.

잘못된 생각을 했다는 것을 빨리 알아채고

옆에 있는 연인에게 더 잘해주세요.

익숙함에 속아 소중함을 잃지 마세요.

세상에서 가장 무거운 어깨

어릴 적 가장 강한 사람이었던 아버지께서
사실은 참 외로운 존재라는 걸 깨달았습니다.

아무리 힘들어도 내색 한 번 제대로 할 수 없던 사람.
그런 사람이 아버지라는 것을 알게 되었습니다.

기꺼이 주면서도, 더 주지 못해
항상 미안해하는 아버지.
그런 아버지에게 오늘만큼은 따뜻하게 해드려요.

가끔 술에 취해 돌아오시면,
"오늘도 저희를 위해 고생 많으셨어요."
어깨를 주물러 드릴 수 있는 아들, 딸이 되어보기를.

세상 가장 무거운 그 어깨를, 그리고 마음을
잠시나마 풀어드려요.

＊

Part 3

**상처받을 수밖에
없는 인간관계**

끊어야 할 때
매듭을

사람과의 인연에서

도저히 풀 수 없는 매듭을 만났다면,

그때는 미련 없이 잘라낼 용기가 필요합니다.

사랑받지 못한다고 느끼게 하는 사람

나를 초라하게 만드는 사람

내가 놓으면 끊어져 버릴 끈으로 이어진 사람

그런 사람과의 매듭이라면,

인연이라는 이름으로 포장 없이

잘라버려도 괜찮습니다.

잘라버린 인연의 자리에는 반드시 찾아옵니다.

기가 막힌 진짜 인연이.

상처받지 않는 법

너무 많은 것을 기대하지 말 것.

사랑한다면 머무를 것이고

그게 아니라면 떠난다는 사실을 늘 기억할 것.

나를 욕하는 사람은 사실

나를 부러워하고 질투하고 있다는 것을 알 것.

내가 모든 사람을 좋아할 수 없듯이

모든 사람이 날 좋아할 수 없다는 것을 명심할 것.

인생이 바닥을 칠 때 진짜 내 편과

가면을 쓰고 내 편인 척하는 사람이 걸러진다는 것.

마지막으로 나 자신 외에 그 누구도 믿지 말 것.

비로소
말할 수 없을때,

우리가 이별을 결심해야 할 때는

뜨거웠던 마음이 식어가는 것을 느낄 때도 아니고,

상대방의 눈빛에서 더 이상 사랑이

느껴지지 않을 때도 아닙니다.

그냥 그토록 익숙하게 튀어나오던

"사랑해." 그 한마디가 차마 나오지 않을 때예요.

바로 그때가 이별해야 할 순간입니다.

인연이라면
끊어질

나만 놓으면 끊어질 인연에

너무 몸부림치지 마세요.

이루어질 인연은

굳이 노력하지 않아도 이루어지게 되어 있고,

이루어지지 않을 인연은

아무리 애를 써도 이루어지지 않게 되어 있습니다.

나를 힘들게만 하는 인연은

붙잡지 말고 그냥 놓아주세요.

이 세상에서 가장 어리석은 생각은

나만 변하면 그 사람도 변하겠다는 환상입니다.

＊

놓으면 더 괴롭다는 것을 알지만

붙잡을수록 지옥 끝까지 내려가는

나를 위해 떠나보내는 법도 배워야 합니다.

결코, 스쳐 가는 인연을

머무르는 사랑이라고 착각하지 않기를.

앞으로 더 수많은 인연들이

나를 향해 화살을 쏘며 다가오겠지만

분명 그 상처를 감싸주는 좋은 인연도 있다는 걸

절대로 잊지 마세요.

오해가 생길 때면

누군가와 오해가 생겼을 때는

당신이 하고 싶은 말보다

상대가 듣고 싶어 하는 말로 사과하세요.

핑계를 대고 변명하려고 하면

또 다른 오해가 생기고

오해의 실이 풀리는 게 아니라

더 복잡하게 엉켜버리죠.

내가 상처받은 것을 내려놓고

상대의 상처를 먼저 치료해준다면

언젠가 상대도 나의 상처를 보듬어줄 거예요.

잠시만 나를 낮추면 오해의 실은 노력하지 않아도 풀려요.

오해를 푸는 것보다

상대의 마음을 풀어주는 것이 더 중요해요.

그리워하지 말 것

사랑은 거짓말이 아니다.

의심하지 말 것.

사람 마음은 장난감이 아니다.

가지고 놀지 말 것.

이별은 해결책이 아니다.

그 책을 펼치지 말 것.

추억은 소지품이 아니다.

그 자리에 두고 올 것.

후회는 그리움이 아니다.

돌아가려고 하지 말 것.

진짜 친구란

내게 좋은 일이 생겼을 때 나보다 더 기뻐하고

나쁜 일이 생겼을 때 모르는 척하지 않는 사람.

자주 싸우더라도 오래가지 않아

아무 일도 없던 것처럼 화해하고,

내 고민을 털어놓을 때만큼은

어느 때보다 진지하게 이야기를 들어주는 사람.

보고 싶다고 술 한잔하자고 하면,

언제라도 바로 나와주는 사람.

약속 시간에 늦으면,

거침없이 욕과 하이킥을 날리면서도 웃어주는 사람.

*

그냥 이 친구가 내 친구라는 것만으로도
참 다행이고 행복하다고 느끼게 하는 사람.

언제나 변함없이 나와 함께 있어 주는
그 사람이 진짜 친구다.

내가 사랑해야 할 사람

당신에게 가치를 두지 않는 사람에게
당신 또한 가치를 주지 마세요.

그 사람이 건네는 마음의 쓰레기 더미를
가치라 포장하며 굳이 받지 마세요.

그들에게 상처받지 않고
흐르는 물처럼, 지나가는 바람처럼,
흘려보낼 수 있는 용기를 가지세요.

당신을 미워하는 사람까지 신경 쓰며 살기에는
당신의 곁에 소중한 사람이 이미 많습니다.

잊지 마세요.

당신이 좋아하는 친구,

당신을 좋아하는 친구,

당신이 사랑하는 가족,

당신을 사랑하는 가족만

가슴에 품고 살기에도 벅찬 일입니다.

좋은 사람을 찾는 친구에게

좋은 사람을 찾으려 하지 마세요.

대신에 내가 먼저 좋은 사람이 되세요.

그러면 내가 찾지 않아도,

그들이 나를 먼저 찾아요.

그들은 내가 준 것보다

나에게 더 많은 걸 주고 싶어 합니다.

일방통행

때때로

지금 당신이 소중하게 생각하는 사람 중에는
당신을 그만큼 생각하지 않는 사람도 있습니다.

또 당신이 크게 신경 쓰지 않는 사람 중에는
그보다 크게 당신을 생각하는 사람이 있습니다.

사람의 마음은
늘 '쌍방'인 듯 보여도
때로는 '일방'이기도 합니다.

하지만 당신이 진심으로 믿는 사람에게는,
소중하게 여길 가치가 있다고 믿는 사람에게는
'일방'일지 몰라도 진실로 대하세요.

그러면 언젠간 그 사람이 당신에게
최선을 다하는 날이 분명히 올 것입니다.

누군가가 나에게 실수와 잘못을 했을 때
그때의 감정을 잠시 내려놓고 한번 돌아보세요.

나 또한 실수하듯이,
누구나 실수를 할 수 있다는 것을 인정한다면
자신의 실수도, 상대의 실수도
비로소 용서할 수 있습니다.

하지만 용서를 한다고
내 마음이 완전히 치유되지는 않아요.
상대를 위해서가 아니라 나를 위해서,
용서하고 마음의 짐을 잠시 내려놓기로 해요.

크게 돌아보면 용서 못 할 일은 없습니다.

지금 해야 할 것

지금 보고 싶은 사람이 있다면

만나러 가세요.

평소 바빠서 볼 수 없었던 친구,

'언제든 볼 수 있겠지'라는 마음으로

한동안 못 본 가족들,

보고 있어도 보고 싶은 사랑하는 사람,

잊지 못해 다시 돌아오길 바라는

한때 사랑했었던 사람,

지금 문득 떠오르는 사람이 있다면,

연락해서 보고 싶다고 말하고 만나세요.

＊

주고받는 문자 말고

목소리만 들리는 전화 말고

얼굴을 마주 볼 수 있도록.

떠올려볼 수 있는 사람,

당장 보고 싶은 사람이 있다는 사실만으로

참 괜찮은 인생입니다.

반드시 답장할 것

연락이 왔으면 바로 답장을 할 것.

늘으면 늘는다고 미리 상대에게 알려줄 것.

바빠서 연락을 못 봤을 경우 다시 연락해줄 것.

연락을 주기로 했으면 반드시 연락을 줄 것.

사람과 사람 사이의 연락에는

최소한의 예의가 있습니다.

연락이 왔음에도 귀찮아서 무시하지 말고

상대방이 기다리지 않도록 연락하세요.

자신이 필요할 때만 답장하는 어리석은 행동은

인간관계를 망치는 지름길입니다.

알
수
없
지
만

아직 잘 모르겠다.

얼마나 마음을 열어야 하는지

어떻게 노력을 해야 하는지

어디서 멈춰야 하는지

언제쯤 끝나게 될지

그 끝에 나만 남겨져 있을지

너와 내가

우리가 되어 있을지.

당
신
의
선
택

당신에게 아쉬울 게 없는 사람에게 마음 쓰지 마세요.
당신 또한 누군가에게는 사랑받는 귀한 사람입니다.

당신에게 아쉬울 게 없는 사람인 걸 알면서
그 사람을 놓지 못하고 옆에 두려고 할 때
마음은 병들어갑니다.

그럼에도 불구하고, 그를 놓을 수 없는 당신의 마음은
어느 날 산도 바다도 덮을 만큼 커다란 폭풍우가 되어
당신을 덮어버릴지도 모릅니다.

당신에게 아쉬울 게 없는 사람이 줄 수 있는 건
오직 상처뿐이라는 사실을 잊지 마세요.

돌이킬 수 없기 전에

누군가와 서로 감정이 상했을 때는

그 자리에서 바로 푸세요.

의도와 다르게 상처를 주고 잘못한 행동이 있다면

자존심 세우지 말고 먼저 사과를 하세요.

다툼을 더 크게 만드는 이유는

언제나 쓸데없는 자존심 때문이에요,

서로의 잘잘못만 따지며

아무도 수긍하지 않기 때문이에요.

사과가 늦으면 상대는 멀어져 있고

사과를 하고 싶을 때는 이미

돌이킬 수 없이 멀리 있어요.

*

사과는 언제 해도 늦고,

고백은 언제 해도 빠르며,

후회는 언제 해도 돌이킬 수 없습니다.

참지 않았으면

거짓말에 익숙한 사람

거짓말을 자주 하는 사람은 만나지 마세요.

한 번 실망을 준 사람은 계속 실망을 주고
한 번 거짓말한 사람은 계속 거짓말을 합니다.

작고 사소한 부분이라도 거짓말로
불안하게 한다면, 찝찝한 마음을 준다면
그 관계는 솔직하지 못한 관계예요.
거짓말을 한 이유는 중요하지 않다.
나를 '속이려는 마음'이 아주 나쁜 것임이 중요해요.

연인 사이에서는 사소한 거짓말이
모여 최악의 결과를 만듭니다.

믿음은 유리와 같아서 일단 깨진 후에는
결코 원래 모습으로 되돌릴 수 없어요.

참지 않았으면

하고 싶은 말을 참고 참으며

산처럼 쌓아두지 마세요.

이렇게 말하면 어떻게 반응하려나

저렇게 말하면 어떻게 생각하려나

신경 쓰느라

하고 싶은 말을 담아두기 시작하면

그 말들은 하나도 사라지지 않고

마음속에 고스란히 쌓이고 병이 되기도 합니다.

하고 싶은 말이 있으면

그냥 하세요.

어떻게 생각할지는 그의 몫입니다.

마음의 병을 스스로 만들지 마세요.

시간이 지나면 알게 되는 것

평생을 함께 보낼 것 같은 친구들도

커가면서 하나둘 점점 멀어지기도 하고

한 시간을 이야기 나눈 사람이 예상치 못하게

정말 없어서 안 될 사람이 되기도 해요.

내가 사랑했던 시간들이 그저 짝사랑이라고

생각이 들 정도로 허무한 사람이 있는가 하면

영원할 것 같았지만

얼마 못 가 끝이 나버린 사람도 있고

너무 과분할 정도로 나를 사랑해주는 사람도 있어요.

시간이 지나면 알게 되죠.

지금 내 옆에 있는 사람이 가장 좋은 사람이라는 것.

약속의 의미

약속 시간에 늦는 사람은
가까이하지 마세요.

당연하다는 듯이 조금 늦어도
괜찮다고 생각하는 사람,
약속 시간 몇 분 전에 약속을 취소하는 사람,
약속을 지키지 않는 것에
매번 핑계를 대면서 상황을 수습하려는 사람,
변화는 없고 습관적으로 항상 늦는 사람,

아주 작은 시간 약속조차 지키지 않는 사람은
그 어떤 약속도 지키기 어려워요.

나의 시간을 소중하게 대하지 않는 사람에게
나 또한 소중하게 대할 필요는 없습니다.

오래가는 사람

사람은 누구나

처음에는 착하고 친절합니다.

하지만 그 모습이

얼마나 오래가느냐가 문제죠.

누군가의 친절한 모습에

쉽게 마음 흔들리지 마세요.

언제, 어디서, 어떻게 변할지 모르니까요.

곁에 두고 오래 보아도

알 수 없는 것이 사람입니다.

곁에 두고 오래 보아야

알 수 있는 것이 사람입니다.

내버려 두기

당신은 좋은 사람이지만
때로는 냉정하게 사세요.

나를 싫어하는 사람이 있다면
그냥 싫어하도록 내버려두세요.
애써 나를 좋아하도록
노력할 필요 없어요.

전화는 두 번까지만 하고
그 이상은 하지 마세요.
당신과 연락할 마음이 없다는 거예요.

피할 수 있으면 피하세요.
사람은 무서워서 피하는 게 아니라
더러워서 피하는 거니까요.

그리워질 시간들

사랑하는 친구들과 추억을 많이 쌓으세요.

여행을 떠나 사진도 많이 찍고

5년, 10년 후 우리의 모습을 상상하며

타임캡슐을 만들고

서로 힘들었던 일들, 서운했던 일들을

솔직하게 이야기하는 시간도 틈틈이 가지세요.

어느 시절이 그리워진다면,

그건 이미 붙잡을 수 없는

시간이 되었다는 것.

지금만 할 수 있는 것들을

최대한 많이, 충분히 함께하세요.

차라리 혼자 비를 맞고 가라

내 사람이 아니다 싶으면 과감하게 끊어버리세요.

정작 상대를 생각하고 이 관계에 노력하는 사람이 혼자라면

그 사람에게 내 소중한 감정을 쏟을 필요는 없어요.

비 오는 날 우산이 하나 있을 때 혼자 쓰고 갈 사람인데

같이 씌워달라고 애원할 필요가 있을까요.

차라리 혼자 비를 쫄딱 맞고 집에 들어가

감정 낭비를 하지 않았다는 나에게

스스로 대견스럽다고 칭찬하세요.

나에게 그만큼인 사람에게는

더도 덜도 말고 딱 그 정도까지만.

A라고 말했는데 B라고 대답한다면

말이 통하지 않는 사람과의 대화는

설득하려 하지 말고 빨리 포기하세요.

당신의 주장을 이야기해도

무시하고 반박하는 사람,

자신과 다른 주장에 화를 내는 사람,

잘못된 행동에 대한 충고나 걱정을

귀찮은 참견쯤으로 여기는 사람.

그런 사람은 당신이 무슨 말을 하더라도

한 귀로 듣고 한 귀로 흘릴 사람이에요.

본인이 스스로 깨닫기 전까지

누구의 말에도 귀를 기울이지 않고

바뀌지 않으니 그를 바꾸려고 노력하지 말고

신경 끄는 편이 더 나아요.

다가오는 사람
외로울 때

당신이 힘들 때 다가오는 사람이 있어요.

그를 인연이라고 착각하지 마세요.

사람은 누구나 외롭고 힘들 때

다가오는 사람에게 기대고 싶어집니다.

힘든 이 순간의 짐을 덜어주는 사람이기에

마음을 쉽게 줘버리곤 해요.

마음이 약해진 그때 다가오는 사람에게

진심을 쉽게 줘버린다면 그 인연의 결말은 뻔해요.

흔들리고 있는 순간일수록

약해져 있는 때일수록

다른 사람이 아닌

나 스스로가 나를 다잡을 수 있기를.

어김없이 되돌아오는 것

내가 준 만큼

상대에게 받으려는 마음,

알아주길 바라는 기대는 버리세요.

기대가 크면 상처는 배로 돌아오니까.

해주면 해줄수록,

잘해주면 잘해줄수록,

언젠가 되돌아오는 게 인생입니다.

지워도 지워지지 않는

우리가 만나야 할 사람은

지우개로 지워도 지워지지 않는,

마음이라는 종이에 남은

연필 자국 같은 사람입니다.

내가 지운다고 지워지는 사람이면

미련 없이 떠나보내세요.

그렇게 쉽게 사라지는 사람이라면

내가 굳이 지우지 않아도

어느 순간 지워져 있을 사람이니까요.

다거기서거기 사는건

내가 좋아하는 사람이 나를 좋아하는 일은 기적이라는 것.

자기가 상처를 주고 상처를 받은 척하는 게 사람이라는 것.

떠날 사람은 떠나고 갈 사람은 가는 것이 정해져 있다는 것.

나의 진심은 상대에게 약점이라는 것.

가장 사랑했던 사람은 가장 빨리 떠난다는 것.

세상 사는 게 거기서 거기라는 것.

오래된 것의 가치

어렸을 때

나에게는 특별히 아끼는 인형이 있었다.

다른 인형은 몰라도

그 인형만큼은 항상 옆에 끼고 다녔고

잠을 잘 때도 꼭 안고 잤다.

시간이 지나 한 살 한 살 먹어가면서

꼭 그 인형이 아니어도 괜찮아졌다.

널린 게 인형이었으니까.

인형보다 더 아끼는 것들이 생겼으니까.

사랑도 마찬가지였다.

한때 유일하게 아끼고 좋아하던 마음은

시간이 흐르면서 자연스럽게 옅어졌다.

익숙함이 눈과 귀를 무디게 했다.

*

옆에 있는 사람이 익숙해질 때쯤

새로운 사람이 눈에 들어올 수 있다.

하지만 새것은 언제나와 마찬가지로

시간과 함께

다시 익숙해진다는 사실.

새로움만을 좇아

지금 옆에 있는 사람의 소중함을 잠시 잊었다면

지금 이 사람이 나에게 처음 오던 날을 떠올리세요.

그날처럼 더 뜨겁고 아름답게, 후회 없이 사랑하세요.

새것이 언제나 환영받을지는 몰라도

사랑받을 가치는 옛것에 있습니다.

묵묵히 옆에 있는 것에 있어요.

다시 돌아오길 바란다면

나를 버리고 간 사람에게 미련 두지 마세요.

떠나간 그 사람은

아직 자신을 사랑하는 사람을 잃은 것이고,

남겨진 나는

이제 나를 사랑하지 않는 사람을 잃었을 뿐이다.

결국 후회할 사람은 그 사람입니다.

나를 버린 것처럼 다른 이에게

버림받고 내가 얼마나 좋은 사람이었는지

뼈저리게 느낄 테니까요.

돈과
독

친한 사이일수록

돈을 빌리지도 빌려주지도 마세요.

돈은 관계에 독이 되기도 합니다.

처음의 좋은 마음은 사라지고 초조한 마음,

불편한 마음이 생겨납니다.

돈은 없던 미움도 만들어내고,

없던 오해도 만들어냅니다.

어쩔 수 없이 그래야 한다면,

빌렸다면 1초라도 빨리 되돌려주고,

빌려주었다면 받지 않아도 될 만큼만 건네세요.

당신과 그 사람 사이에

돈이 독이 되지 않도록.

여유로 이겨내는 것들

사람은 누구나 두 얼굴로 살아갑니다.

앞에서는 환하게 웃고

뒤에서는 야유를 보낼지도 모릅니다.

그러나

그런 사람들을 이해하려고

노력할 필요도 없고

그런 사람들을 바꾸려

애쓸 필요도 없습니다.

사람 사는 세상에

어디에서나 일어나는 일을

받아들일 줄 아는 여유면 됩니다.

《너에게 하고 싶은 말》을 출간한 이후로 전혀 다른 꿈을 꾸며 살고 있다. 인생의 절반을 쏟아부은 피아노를 포기해야 했을 때, 앞으로 불행하기만 할 줄 알았던 인생이 마법을 부린 것처럼 달라졌기 때문이다.

나를 위로하기 위해 쓰던 글이 이제 다른 이들을 위로하기 시작했고, 마음이 추운 사람들을 따뜻하게 안아주고 있다. 부족한 나의 글이 모여 만들어진 책을 자기 자신에게 선물한 분도 있었고, 자신의 마음을 책으로 대신해 사랑하는 사람에게 선물한 분도 있었다.

비록 베스트셀러 1위라는 꿈은 이루지 못했지만, 그보다 더한 기적이 일어났다. 많은 사람들이 메시지를 통해 고마운 마음을 전해왔다. 앞으로도 계속 좋은 글을 써달라는 응원과 감사 인사가 쏟아졌다. 그런 관심과 사랑이 모여, 여러 곳에서 나를 찾아주시는 분들이 많아졌다. 인터뷰와 강연을 다니며 여러 곳에서 나의 스토리를 더 많은 사람들과 나누고 있다.

피아노를 전공하다가 어떻게 해서 글을 쓰게 되었는지, 글의 소재는 전부 경험을 통해 얻은 것인지, SNS에서 어떻게 그런 많은 팔로우를 가지게 되었는지, 앞으로 어떤 작가가 되고 무엇을 하고 싶은지… 나에 대해 궁금해하고 관심 가져주시는 분들을 위해서라도 지금보다 노력해서 더 나은 사람이 되고 싶다.

꿈을 향해 나아가는 사람, 아직은 사랑에 서툰 사람, 자기 자신을 사랑하지 않는 사람… 저마다의 아픔과 상처를 가지고 살아가는 사람들을 위해, 내가 조금 더 경험하고 실패하고 느껴보고 위로하며 마음 깊은 곳에서 나오는 진심이 담긴 성숙한 글을 쓰고 싶다. 그렇게 스스로 성장해가는 글만이 다른 사람들에게 울림을 주고, 그들이 변화할 수 있게 하고, 지금보다 더 행복한 꿈을 꿀 수 있도록 도울 수 있다고 생각하기 때문이다.

무엇보다 나는 지금 아주 많이 행복하다. 이 말이 가장 하고 싶었다. 길고 긴 사막 위를 헤맨 끝에 오아시스를 찾은 것처럼, 원하는 꿈을 이루었고 사랑하는 사람을 만나 이제껏

몰랐던 또 다른 감정과 경험을 해나가는 중이다. 작은 변화²³⁹와 큰 변화들 사이에서 '인생의 하이라이트'를 살고 있다. 지금 품고 있는 꿈을 이루게 된다면, 사막의 오아시스를 넘어 우주의 오아시스를 보고 싶다.

혹 당신은 사막의 오아시스를 찾지 못했다고 해서, 아직 인생의 하이라이트가 오지 않았다고 해서 좌절하지 않았으면 한다. 인생에서 중요한 것은 속도가 아니라 방향이기 때문이다. 내가 가고자 하는 방향만 제대로 알고 있다면 다른 사람보다 조금 느리더라도, 조금 돌아가더라도 '나의 방향'으로 걸어가면 된다. 어쩌면 그렇게 걸어가고 있는 그 길이 오아시스로 향하는 길이고, 이 순간이 당신 인생의 하이라이트일지도 모르니까.

나는 이대로 살기로 했다

초판 1쇄 인쇄 2024년 12월 17일
초판 1쇄 발행 2024년 12월 26일

지은이 김수민
펴낸이 떠오름
기 획 김요한
디자인 한희정

펴낸곳 ㈜떠오름코퍼레이션
출판등록 제2021-000002호(2020년 4월 28일)
주소 서울특별시 성동구 왕십리로 4길 23-1, 3층
전화 070-4036-4586　**팩스** 02-6305-4923
홈페이지 www.risebooks.co.kr
이메일 official@risebooks.co.kr

값 15,500원

ISBN 979-11-92372-72-3 03810